अतिरिक्त सतरें

अतिरिक्त सतरें

अनीता राकेश

राधाकृष्ण प्रकाशन

ISBN : 978-81-8361-897-7

अतिरिक्त सतरें

पहला संस्करण : 2018

मूल्य : ₹250

प्रकाशक

राधाकृष्ण प्रकाशन प्राइवेट लिमिटेड
जी-17, जगतपुरी, दिल्ली-110 051

शाखाएँ : अशोक राजपथ, साइंस कॉलेज के सामने, पटना-800 006
पहली मंज़िल, दरबारी बिल्डिंग, महात्मा गांधी मार्ग, इलाहाबाद-211 001
36 ए, शेक्सपियर सरणी, कोलकाता-700 017

वेबसाइट : www.radhakrishnaprakashan.com
ई-मेल : info@radhakrishnaprakashan.com

मुद्रक : बी.के. ऑफसेट
नवीन शाहदरा, दिल्ली-110 032

ATIRIKTA SATAREN
Memoires by Anita Rakesh

मेरी माँ को जिसने मुझे पढ़ना और लिखने के लिए मजबूर किया जिसने मुझे पैदा किया, पाला–पोसा और चल दी, आज मैं मात्र उनकी याद में यह अन्तिम कड़ी dedicate कर रही हूँ। वो जहाँ भी हैं खुश होंगी।

20 जून, 2018 अनीता राकेश

भूमिका

एक दिन हम मम्मी के घर के बाहर से गुज़र रहे थे तो राकेश जी बोले, ''चलो चन्द्रा जी से मिलते जाएँ।''

मैं घबराई क्योंकि माँ के रात के कपड़े मुझे पता था कैसे होते हैं। एक कार्टून। मैंने कहा, ''राजे अब बहुत रात हो गई है, पता नहीं सो न गए हों फिर कभी मिल लेंगे।''

राकेश जी बोले, ''मेरे पास इतना समय नहीं है कि आकर फिर मिलूँ, अभी मिल लेते हैं।''

पुरवा* बोली, चन्द्रा जी** कौन हैं, तो राकेश जी हकबकाकर बोले, ''तुम्हारी आंटी ममी'' पुरवा फिर उठी और बोली, ''हाँ, पापा अभी आंटी ममी को मिल लेते हैं।''

अब आप कहेंगे, 'आंटी ममी' माँ का नाम कैसे पड़ा तो वो कहानी ऐसे है।

अकसर माँ दफ्तर से हमको मिलने आ जाती थीं। अम्मा हमेशा की तरह उनके लिए जल्दी से चाय और बिस्कुट ले आती थी।

बोलती, ''आप दफ्तर से थक के आते हो, कुछ खा पी लो।''

इतने में पुरवा बोली, ''आंटी आप चाय और बिस्कुट खा लो।''

माँ बोली, ''मैं तुम्हारी आंटी नहीं मैं तुम्हारी मम्मी हूँ।''

---

* पुरवा (बेटी)

** माँ

''नहीं, आप मेरी आंटी हैं मम्मी तो मेरी यह है।''

दोनों में झगड़ा हो गया।

अम्मा बोली, ''यह मानेगी नहीं आप दोनों नाम रख लो।''

तो फैसला यह हुआ कि माँ को 'आंटी ममी' बुलाएँगे। अब घर में सबके मुँह पर 'आंटी ममी' चढ़ गया।

मेरी बहन की बेटी भी उनको 'आंटी ममी' बुलाने लगी और मेरी भांजी और भांजा भी।

मेरी बहन की लड़की मुझे अनीता मासी कहती है और मेरे भांजा-भांजी मुझे बुआ की जगह 'बुई' बुलाते हैं।

तो यह है कहानी, 'आंटी-ममी' की।

जब शैली* और पुरवा बड़े हुए तब उसने जामिया मिलिया में दाखिला लिया। ब्रेक में आकर वह आंटी ममी की गोद में सो जाती थी। वहीं खाना खाती और फिर जामिया लौट जाती। वह अतिरिक्त रूप से 'आंटी ममी' से जुड़ी हुई थी। शैली जब बड़ा हुआ तो अपनी अंग्रेजी में लिखी कविताएँ माँ को सुनाता और माँ अपनी लिखी हिन्दी की कविताएँ उसे सुनाती। दोनों बच्चे 'आंटी ममी' से बहुत जुड़े हुए थे।

एक दिन मैं और छोटा** 'आंटी ममी' के घर गए। जब छोटा मेरे भतीजे-भतीजी के दूसरे कमरे में गया तो माँ बोली, ''तू क्यों छोटे को बुरा बोलती है। तुझे ऐसा नहीं करना चाहिए। तू देखना एक दिन यह बड़ा आदमी बनेगा तो दोनों बड़ों से आगे निकल जाएगा।''

और यह सत्य वचन था। आज छोटे ने एक खाने की दुकान खोली हुई है जो बहुत चल रही है। ढेरों पैसा बनाता है। सुबह ग्यारह बजे चला जाता है और रात बारह बजे आता है। मैं उसका इन्तजार करती हूँ और रात को बारह बजे इधर बैठकर दोनों साथ खाना खाते हैं। अभी कल रो रहा था।

---

* बड़ा बेटा—शालीन

** छोटा बेटा—संकल्प

मैंने पूछा, "दुकान अच्छी चल रही है तो तू रो क्यों रहा है।"

"मुझे आंटी ममी याद आ रही है। आज होती तो देखती कि उनकी कही बात कितनी सच निकली।"

फिर उस रात हमने खाना नहीं खाया बस रोते रहे, रोते रहे।

फिर कल जाकर आंटी ममी की फोटो फ्रेम करा लाया।

जैसा कि मैंने पहले लिखा है कि राकेश जी ने अभाव की सन्तान का ज़िक्र किया था तो वो भी सच है। आज दोनों बच्चे अपने-अपने घर और अपने-अपने कामों में व्यस्त हैं। सिर्फ़ छोटा ही मेरे पास है। देखिए कई बातें कितनी सच निकलती हैं।

बस और क्या लिखूँ अगर आप लोगों की निगाह में कोई अच्छी मांगलिक लड़की हो तो मुझे अवश्य बताएँ, क्योंकि छोटा मांगलिक है।

अभी सिर्फ इतना ही। और हाँ, पढ़ने और लिखने के लिए मेरी माँ ने मुझे मजबूर किया।

और क्या लिखूँ—

वो शाम कुछ अजीब थी ये शाम भी अजीब है, वो कल भी मेरे पास थे और आज भी करीब हैं—

आंटी-ममी क्या मरी हम सब बिखर गए। बच्चे तो अपने को लावारिस समझने लगे। आंटी ममी के बिना।

उसके तुरन्त बाद ही अम्माँ चल बसी, और देखते-देखते राकेश जी भी अपनी माँ के पास चले गए।

रह गए मैं और मेरे दो बच्चे। संघर्ष की जिन्दगी शुरू हुई। कुछ लिखकर कुछ अनुवाद करके जीने लगी। उससे कुछ नहीं बना तो बी.एड. करके मॉडर्न स्कूल में पढ़ाने लगी। और नहीं—दोहराऊँगी—क्योंकि यह सब पहले लिख चुकी हूँ। कहाँ से कहाँ तक। मेरी माँ के कुछ संस्कार मुझमें हैं। वो तुलसी पूजा में यह गाया करती थी। आज मैं भी गाती हूँ।

''मैं तनू पुच्छा तुलसा रानी
—किसी तेरे वेडे विच चानना चानन करयो रे तुलसा दा मंगल गायो रे
तन है साढे पाग ठाकुर आप साडे घर आयो रे
चानन चानना, चार तुलसा-दा मंगत गायों रे
तन ही सोढ पाग ठाकुर आप साडे घर आयो रे,
चानन चानन चा...

मेरा दाह-संस्कार वहीं हो जहाँ अम्मा और राकेश जी का हुआ था ऐसा मैंने घर में कह रखा है।

माँ भी लिखती थी लेकिन पाठकों तक नहीं पहुँच पाई—इसलिए मुझे लिखने को कहती थीं। पहले खंडों में मैंने माँ के बारे में बहुत लिखा। आप उनका चित्र देखकर जान जाएँगे कि वो कितनी खूबसूरत थीं, और कितने सलीके से कपड़े पहनती थीं। वो पठान परिवारों से थीं। उनके भाई मरते दम तक सलवार कुरता और पगड़ी पहनते रहे। मेरे नाना असली मोती पीसकर खाते थे। उनके गाल अन्त तक लाल और चमड़ी खूबसूरत थी।

डैडी बहुत सीधे थे लेकिन माँ नहीं। उन्होंने पाकिस्तान बनने के बाद लिखना-पढ़ना सीखा और नौकरी की। घर माँ ही चलाती थी।

आज न माँ है, न सास और ना ही राकेश जी। शरीर मर जाता है लेकिन आत्मा किसी और शरीर में जा बसती है। जिन लोगों में इन तीनों की आत्मा होगी—वो बहुत भाग्यशाली होंगे। माँ ने तो बहुत संघर्ष किया। अब मैं जीते-जीते थक गई हूँ और मौत है कि आती नहीं।

'आधे-अधूरे' मेरे परिवार की कहानी है। महेन्द्रनाथ—मेरे पिता, सावित्री मेरी माँ, बिनी मैं। किन्नी मेरी छोटी बहन, अशोक मेरा भाई। जुनेजा मेरी माँ का बॉस जिसकी माँ भाई के लिए नौकरी के लिए कहती है। न जानते हुए कि कोई मर्द किसी औरत की फ्री में सहायता नहीं करता।

टैंक 'ग्लास'...राकेश जी ने माँ पर लिखी—'एक ठहरा हुआ चाकू', मुझ पर। 'अन्धेरे बन्द कमरे' अपने प्रिय मित्र पर जो अब नहीं रहे और हाँ आधे में मनोज राकेश जी थे। कहने का मतलब कि हम दोनों ने आत्मकथात्मक ही लिखा। 'मिस पाल' आदि-आदि। 'ज़ख्म' अपने प्रिय मित्र पाल पर लिखी जो उन दिनों F.F.C. के डायरेक्टर थे।

उन दिनों मैं, बच्चे और सूरजसिंह शिवपुरी के साथ मॉडर्न स्कूल के क्वार्टर में रहते थे। तब शिवपुरी ने अपने बैनर 'दिशान्तर' के अन्तर्गत 'आधे-अधूरे' के शोज खोले थे।

एक दिन शिव बोले, "भाभी, क्यों न असली कास्ट हो जाए," और ठहाका मारकर हँसा।

मैंने कहा, "शिव राकेश जी के आधे-अधूरे लिखने पर पूरा परिवार मुझसे बात नहीं करता क्यों अब और झगड़ा करवाते हो।"

शिव ज़ोर से ठहाका मारकर हँसे। शिव बाद में कोशिश करते थे कि वह राकेश जी के ठहाकों की तरह हँस सकें। लेकिन अफसोस उनके ठहाकों का कोई मुकाबला नहीं कर सका।

शेष इतिहास है।

कोई भी चीज शुरू करनी इतनी मुश्किल नहीं होती जितनी समाप्त करनी होती है।

ठीक उसी तरह सतरें शुरू करनी इतनी मुश्किल नहीं थी जितनी समाप्त करनी थी।

कभी अलविदा न कहना कभी अलविदा न कहना।

आपकी ही

अनीता राकेश

मैं आभारी हूँ श्री अशोक महेश्वरी जी की जिन्होंने सतरों को प्रारम्भ से अन्त तक प्रकाशित किया।

अतिरिक्त सतरें

मुझे बेहद अफसोस है कि मैं बिहार की प्रोस्टिट्यूट्स पर नहीं लिख सकी। कहते हैं कि बिहार को वही चलाती हैं—लेकिन उनकी कुछ झलक वो 'गर्म गोश्त' में देख सकते हैं।

कमलेश्वर जी जब बिहार गए थे तो उस होटल का बेयरा एक एल्बम लेकर आया था। "साब आपको इनमें से कौन पसन्द है?" यह वहाँ का रिवाज़ था।

कमलेश्वर जी को पहले ही वहाँ की तवायफ़ों के बारे में पता था। उन्होंने कहा, यह काम मैं नहीं करता। मैं अपनी पत्नी से बेहद खुश हूँ। तो देखिये यह पुस्तक रह गई—क्योंकि मैं ऑथेंटिक लिखती हूँ।

कोई भी चीज बहुत मुश्किल से शुरू और खत्म होती है। चाहे प्यार हो, नफरत हो, जलन हो, यह शुरू तो आसानी से होते हैं लेकिन खत्म बहुत मुश्किल से होते हैं।

यों बिहार में हिन्दी बहुत चली है इसलिए हिन्दी की पुस्तकें वहाँ शुरू से ज्यादा बिकती हैं। लेकिन बिहार जाना!—प्रकाशक जा सकते हैं, लेखक नहीं—कैसी विडम्बना है।

मैंने अपने एक फैन से कहा कि मुझे बिहार की तवाइफ़ों से मिलना है। वह बोले वो आपको कच्चा खा जाएगी। सो वो किताब रह गई।

आज न राकेश जी हैं, न कमलेश्वर जी न निर्मल और न भीष्म ही हैं...बहुत अकेली पड़ गई हूँ। मन्नू जी हौज खास से अपनी बेटी के पास दूर चली गई हैं। बेटी फिर भी मेरी मित्र है, क्योंकि हिन्दी लेखिकाएँ कभी मित्र नहीं हो सकतीं।

आजकल कहीं आती जाती नहीं हूँ। बहुत अकेली पड़ गई हूँ। अब जीना भी मुश्किल लग रहा है। और लिखना भी छोड़ दिया। रिश्ते में केवल एक बहन और भाभी रह गए हैं।

एक दिन मैं हौज खास गई थी मन्नू जी को मिलने। मैंने उनसे कहा मुझे 'एक इंच मुस्कान' चाहिए, तो बोलीं, "मेरे पास अपनी कोई भी पुस्तक नहीं है।"

तो मैं बोली, "आप हिजड़ों पर क्यों नहीं लिखतीं?" तो बोलीं, "मैं उनके बारे में कुछ नहीं जानती"—मैंने कहा, मैं जानती हूँ और जब मैंने लिखकर उनको दी तो बोली पुस्तक बहुत अच्छी है।

कितनी हास्यास्पद बात है कि रचना को मन्नू जी ने नहीं बड़ी बहन सुशीला जी ने पाला क्योंकि मन्नू जी को लिखने से फुरसत नहीं मिलती थी। सो रचना सुशीला जी को अपनी माँ समझती थी। एक दिन तंग आकर मन्नू जी ने रचना से कहा, "अरे मैं तेरी माँ हूँ, सुशीला जी ने तेरे को पाला है।" अब पैदा करने वाली माँ होती है या पालने वाली—इसका फैसला आप करें।

जब मन्नू जी शक्तिनगर में रहती थीं तो यूनिवर्सिटी बहुत पास थी। वो जब भी स्कूटर लेने आती थी कॉलेज जाने के लिए तो स्कूटर वाले इनकार कर देते थे कि इतनी छोटी दूरी तक हम नहीं जाते, तो हारकर मन्नू जी ने कार खरीदी और उसे चलाना सीखा। जब भी मन्नू जी मिलने आती तो कार की चाबी को देखकर राकेश जी बोलते, "मन्नू, तुम तो सेठानी हो, कार भी खरीद ली और चलाना भी सीख लिया।"

"क्या करूँ, राकेश जी स्कूटर वाले मुँह फेर लेते हैं तो गाड़ी तो खरीदनी थी।"

"तभी तो कहता हूँ सेठानी हो।"

सबसे दुखद बात। राजेन्द्र की छोटी बहन, जो बहुत सीधी सादी थी, किसी भी लड़के को पसन्द नहीं आती थी। आख़िर एक दिन उन्होंने नीला थोथा खाकर अपनी जान दे दी। मरी भी एक साथ नहीं। धीरे-धीरे उनकी जान गई। यह बहुत दुखद था।

राजेन्द्र जी और हमारा परिवार तथा शेष लोग सुनकर सन्न रह गए। लेकिन वजह यह थी कि राजेन्द्र और राजेन्द्र का परिवार कुसुम जी से

प्यार नहीं करता था इसलिए वो गुमसुम रहती थी और थक-हारकर मर गई। यह मन्नू जी भी जानती हैं।

रही राजेन्द्र जी की बात तो वो अपनी प्रेमिकाओं के पत्र एक दराज में ताला लगाकर रखते थे। पर मन्नू जी को इसकी शिकायत नहीं थी क्योंकि दोनों में कोई प्यार नहीं था। यह सब जानते थे।

रही बात नीलाभ की तो जिस लड़की से वो प्यार करता था, वो कायस्थ थी और कौशल्या भाभी को मंजूर नहीं थी। वो दोनों हमारी छत पर मिलते थे।

आखिर शादी हुई तो एक कायस्थ लड़की से ही। लेकिन चली नहीं। नीलाभ ने तीन-चार शादियाँ कीं—लेकिन कोई भी नहीं चली। आखिर नीलाभ मर गए। यह एक और दास्तान है।

ऐसा माना जाता है कि अश्क जी का भाई नरेन्द्र जिसने एक क्षुद्र लड़की से विवाह किया था, उससे पूरे अश्क परिवार ने नाता तोड़ दिया था। शायद खुसरो बाग के घर में रह रहा हो।

यह भी सम्भव है कि अश्क जी अपनी हर सेक्रेटरी से प्रेम करते हों। उनकी स्टडी अलग थी, जिसमें किसी का भी आना मना था। अन्तिम सेक्रेटरी निम्मा थी जिसे कमलेश्वर जी भी पसन्द करते थे। यह उन दिनों की बात है जब कुछ समय के लिए कमलेश्वर जी इलाहाबाद में रहे थे।

कुछ ऐसा सुनने में आया है कि कमलेश्वर का एक पुत्र उससे है। कमलेश्वर जी ने उससे नाता तोड़ लिया क्योंकि उन्हें शक था कि वो दुष्यंत के साथ भी सो चुकी है जिसके बेटे आलोक से उन्होंने अपनी इकलौती बेटी ममता की शादी की थी। लेकिन जैसे कमलेश्वर जी खुद कहते हैं कि ज़िन्दगी की गवाह सिर्फ जिन्दगी होती है। बहरहाल मेरी पहली कहानी—'नई कहानी' 'नवोदिता' लेखक अंक में छपी जिसे शरद देवड़ा ने निकाला था। बहुत-सी लेखिकाएँ उसमें अपनी पहली-रचना छपवाकर लेखिका कहलाने लगीं। उनमें से एक मैं भी थी।

जब राकेश जी के साथ रहने लगी तो उन्होंने मुझे लिखने का बहुत साहस दिलाया। उन्होंने मुझे कहा अगर 'कल्पना' में तुम छप जाओ तो बहुत बड़ी बात होगी। उस समय 'कल्पना' में छपना एक कल्पना था। बहरहाल मैंने पित्ती जी को भी एक रचना 'बंगजल' भेजी जो स्वीकृत हो गई। फिर उसके बाद कहानियाँ लिखनी शुरू कीं—उसके पश्चात राकेश जी के जाने के बाद कमलेश्वर जी ने मेरा ध्यान संस्मरण की तरफ दिलाया। तो संस्मरण लिखने लगी। अब थक गई हूँ और कुछ लिखने को है नहीं।

कमलेश्वर जी बेसिकली मैनपुरी के थे, जहाँ वे अपनी माँ, बड़ी भाभी और बड़े भाई के साथ रहते थे।

बड़ी भाभी को अपनी माँ से भी ऊपर मानते थे। भाभी की सात बेटियाँ थीं लेकिन बड़े भाई के पास उनका विवाह करने को पैसा नहीं था। जैसे-तैसे रातो-रात उपन्यास लिखकर उस पैसे से बेटियों की शादी कर दी। वो कहीं भी अपनी बड़ी भाभी के पैर छुए बिना नहीं जाते थे। ऐसे संस्कार उनके थे। अपनी इकलौती वेटी की शादी उन्होंने अन्त में की।

अन्त में इतना कहूँगी कि अमिताभ जी इतना पैसा होते हुए भी अपने को बहुत ही इनसिक्योर समझते हैं। कहीं यह पैसा भी पहले की तरह उड़ न जाए। यों राकेश परिवार हरिवंश राय बच्चन जी के परिवार से बहुत जुड़ा हुआ था, उन्हें ज़रा पसन्द नहीं था कि उनका बेटा फिल्मों में काम करे। पता नहीं ऐसा क्यों होता है कि भाई भाई की नहीं बनती। जैसे अमिताभ जी की अपने भाई से नहीं बनती। शायद यह भी प्रकृति की बात है।

जैसा कि मैंने पहले कहा है कि रिश्ता बनने से पहले ही टूट जाता है। आज अमिताभ जी अपने को इतना इनसिक्योर समझते हैं कि रात को बत्ती जलाकर सोते हैं।

'कौन बनेगा करोड़पति' में आम आदमी जब जीतता था तो कहते थे, ''यह पैसे आपके लिए बहुत माने रखते हैं।'' शायद उन्हें उन दिनों

की याद आती हो जब एबीसीएल बनाने के बाद वे फक्कड़ हो गए थे। तब करोड़पति से जो पैसा कमाया तो उसे दबोचकर बैठे हैं।

बहरहाल।

अब आगे।

मैं नीता उर्फ अनीता राकेश का भरपूर धन्यवाद करती हूँ कि उन्होंने 'अतिरिक्त सतरें' मेरे लिए पूरी की। क्योंकि न तो मुझे नीता की तरह भाषा आती है और लिखने की भी बड़ी चोर हूँ। इतना कम नहीं कि नीता ने मेरे लिए 'अतिरिक्त सतरें' पूरी कर दी क्योंकि चाहकर भी मैं इसे पूरी नहीं कर पाती।

मैं तहेदिल से नीता उर्फ अनीता राकेश का धन्यवाद करती हूँ। आगे भी अगर लिखा तो नीता की सहायता लेनी पड़ेगी क्योंकि जैसे मैंने कहा मैं लिखने की चोर हूँ। बस इतना ही।

अब अगली बार अगर लिखना पढ़ा तो नीता को ही कहूँगी लिखने को और इस 'अतिरिक्त सतरें' की तरह अपने नाम से छपवाऊँगी।

लेकिन यह राज़ आप अपने तक ही रखें—किसी को कानोकान खबर नहीं होनी चाहिए। मेरे प्रकाशकों को भी नहीं।

ठीक जैसे उन्हें इस पुस्तक का पता नहीं कि यह मैंने नहीं नीता ने लिखी है।

कहो कैसी रही!

अब और क्या लिखूँ, सब कुछ तो आपको बता दिया है। अब थक गई हूँ। एक दीवाना था। देख रही हूँ मेरी तरह। उसके बाद '001' देखूँगी और फिर गोली खाकर—गहरी नींद सो जाऊँगी।

नहीं तीन बजे गोली खाकर गहरी नींद सो जाऊँगी और सपने देखूँगी। वो भी उन दिनों की बात होगी।

आभार

—अनीता राकेश

"कहाँ जा रहा है तू ऐ जाने वाले
कहाँ जा रहा है?"

"ओ जानेवाले हो सके तो लौट के आना।"

यह दोनों पंक्तियाँ प्रश्न ही बनकर रह जाएँगी। क्योंकि जाने वाले को खुद पता नहीं कि वो कहाँ जा रहा है। हाँ लौट के तो आते हैं लेकिन कहाँ—यहाँ, वहाँ या कहाँ।

बहरहाल यह दोनों प्रश्न—प्रश्न बनकर ही रह जाएँगे। लेकिन यह फिलहाल यहाँ तक ही...

लेकिन पहले तो जो 'अन्तिम सतरें' में छूट गया था।

यह उन दिनों की बात है जब कमलेश्वर जी यूएनटीडी के एक फ्लैट में अकेले रहते थे। शेष परिवार बम्बई में था।

इन्दिरा जी ने उनके लिए एक एडीशनल डायरेक्टर की पोस्ट निकाली थी—दूरदर्शन के लिए।

वहाँ रोज़ शाम को एक महिला, नाम चित्रा (नाम बदल दिया गया है) उनसे मिलने आती थी और रोज़ रात का खाना उनके लिए लाती थी। उसके आने से पहले कमलेश्वर जी बोतल खोल चुके होते थे।

"लो शुरू हो गए।"

कमलेश्वर जी हँस कर कहते, "अब अकेले और क्या हो सकता है?"

"आप अब भी अपने को अकेला कहते हैं?"

कमलेश्वर जी मुस्कुरा देते।

यह सिलसिला कई वर्षों तक चला, तब तक जब वो बम्बई लौट नहीं आए।

एक शाम चित्रा बोली, "अब हम और नहीं मिल पाएँगे। बेटा बड़ा हो गया है और सौ-सौ सवाल करता है।"

"ठीक ही तो है।"

बम्बई लौटने के कुछ महीनों बाद कमलेश्वर जी चल बसे। यह सब उन्होंने मुझे बताया था। इसका ज़िक्र 'कितने पाकिस्तान' में है।

इस समय टी.वी. पर 'आवारा' आ रही है। समझ नहीं आता कि फिल्म देखूँ या 'अतिरिक्त सतरें' लिखूँ—बहरहाल

"ट्रिन ट्रिन ट्रिन..."

"हालू"

"नीता मेम साहब हैं?"

"नहीं शाब"

"अच्छा जब आएँ तो बोलना महाजन का फोन आया था।"

"जी शाब..."

—

"कहाँ गई थीं?"

"पड़ौस में..."

"क्यों? बताया भी नहीं।"

"अरे मेरी फ्रेंड के भाई का जन्मदिन था।"

"कितना बड़ा है भाई?"

"25-26 का होगा।"

"तुम उसे जानती हो?"

"अरे दिखता रहता है।"

"अगर पहचान नहीं तो उसके जन्मदिन पर जाने की क्या ज़रूरत थी?"

"अरे मेरी फ्रेंड का भाई है।"

"यह भी कोई वजह हुई?"

"तो क्या हुआ?"

''अभी तो कुछ नहीं हुआ लेकिन आगे ज़रूर होगा।''

''महाजन तुम नाहक परेशान करते हो—बहुत शक्की मिज़ाज़ है तुम्हारा जो मुझे अच्छा नहीं लगता। और दूसरी बात 'महाजन' नाम क्यों इस्तेमाल करते हो—तुम्हारा पहला नाम क्या है?''

''अधीर।''

''वो तो तुम हो ही,'' वो मुस्कुरा दी। ''अच्छा चलो उसके भाई के लिए कोई गिफ्ट खरीद लें।''

''अरे जन्मदिन पर तो हो आई हो तो अब गिफ्ट की क्या ज़रूरत है?''

''अरे वो तो अचानक हो गया—गिफ्ट तो देनी ही है। शाम को सी.पी. चलते हैं।''

''ठीक है मैं शाम को 5 बजे तुम्हारे घर आता हूँ।''

''ठीक।''

''चलो पहले मिल्क बार में बैठते हैं। गर्मी बहुत है। वहाँ ज्यूक बॉक्स तो होगा?''

''अरे छोड़ो, मुझे शान्ति पसन्द है। तुमको सुन नहीं सकता। और फिर तुम ख़ुद कितना अच्छा गाती हो।''

''अच्छा जी...अब पॉलिश।''

महाजन ने उसका हाथ दबोच लिया।''

नीता को बार बहुत ठंडा लगा। वो शॉपिंग भी भूल गई।

महाजन ने दो कोल्ड कॉफी का आर्डर दिया।

''अरे देखो, वही लड़का उस टेबल पर अपनी गर्लफ्रेंड के साथ बैठा है।''

उसने देखा वही लड़का उसी को देख रहा है, इसलिए टीना ने उसे 'हाय' कह दिया।

वो उठकर नीता की टेबल पर आ गया और बोला, ''आप कल मेरे जन्मदिन पर आईं, मुझे बहुत अच्छा लगा। वैसे भी आ जाया कीजिए।''

''जी ज़रूर लेकिन मैं जॉब करती हूँ और संडे अधीर के साथ निकल जाते हैं...वैसे कोशिश करेंगे कि पहले बता कर आपके घर आएँ। आप भी अपनी बहन के साथ आ सकते हैं। और यह हैं अधीर मेरे बहुत पुराने मित्र। काबुल में रहते हैं...आजकल यहाँ छुट्टियाँ मनाने आए हुए हैं।''

''आपसे मिलकर अच्छा लगा। अगर पता होता तो आपको भी बुलाते।''

''बहरहाल आप जब तक यहाँ हैं मिलते-जुलते रहिए।'' और वो अपनी टेबल पर चला गया।

नीता ने हामी भर दी।

''अब कोई ज़रूरत है उसके लिए कुछ खरीदने की?''

नीता ने हाँ कहा।

बिल चुकाने के बाद वो बाहर निकले।

अधीर बोला, ''तुम्हें घर छोड़ दूँ।''

वो बोली, ''अभी घर जाने का मन नहीं। चलो कॉफी हाउस में बैठते हैं। कल फिर से दफ्तर है।''

''जब तक मैं यहाँ हूँ तुम छुट्टियाँ क्यों नहीं ले लेती?''

''कितनी?''

''जितनी ड्यू हैं।''

''क्या करेंगे?''

''पूरा दिन एक साथ बिताएँगे।''

उसने नीता का हाथ अपने हाथ में ले लिया।

''तुम्हारा हाथ कितना ठंडा है।''

''तुम्हारा कितना गर्म।''

''अच्छा यों मिलते रहने में क्या तुक है?''

''तो शादी कर लेते हैं।''

''अभी नहीं।''

''लेकिन क्या हम एक दूसरे से प्यार करते हैं?''

''नहीं करते तो क्यों मिलते-जुलते?'' वो बोला।

''लेकिन तुमने एक बार भी नहीं कहा और ना ही कभी एहसास कराया।''

''प्यार न जताने की चीज है और न बताने की। यह एक एहसास है जो मुझमें है तुममें नहीं।''

वो बदस्तूर उसकी आँखों में देखता रहा। फिर बोला, ''चलो मेरे घर चलो, वहाँ वो गाना, 'मैं उनसे प्यार कर लूँगी, ओ चन्दा' सुना देना।''

''यह यहाँ चाँद के नीचे गाने में ज्यादा बेहतर है।'' और उसने गाना गाते-गाते अचानक रोक दिया—अब तो सड़क पर आ गए थे।

''क्यों?'' अधीर बोला।

''मैं राजकपूर पर हैरान हूँ। उनके पिता ने बहुत छोटी आयु में राज को एक छतरी, एक रेनकोट और गमबूट्स दिए और बोले, अब जाओ अपनी ज़िन्दगी बनाओ। ये तीन चीज़ें बम्बई में रहने के लिए ज़रूरी हैं। शेष चीजों के लिए राज ने खुद पैसा बनाया।

''उसकी बहुत छोटी आयु में शादी हो गई थी। अपनी माँ के भाई प्रेमनाथ की बेटी कृष्णा से और दूसरी बहन की प्रेम चोपड़ा से। दोनों समधी थे।

''आजकल प्रेमनाथ के बेटे सुनील ने जिसने केवल दो फिल्मों में काम किया। एक 'दुल्हन वही जो पिया मन भाये' और 'अल्लादीन' अब सिनेविस्टा प्रोडक्शन हाउस खोला है। आज उसका सीरियल 'बेहद' चल रहा है। क्या स्क्रिप्ट है क्या डाइरेक्शन है और क्या अदाकारी!''

''तुम सीरियल्स बहुत देखती हो।''

''हाँ एक 'बेहद', फिर 'प्यार के रंग कुछ ऐसे भी' और 'डायल 100' बस।''

''मैं नहीं देखता।''

''अपनी-अपनी पसन्द है...अच्छा एक बात बताओ कि जैसे 'बेहद' में एक खूबसूरत लड़की अपने अर्जुन को पाने के लिए किसी भी सीमा तक जा सकती है...और पैसे से गवाह और कोर्ट को खरीद लेती है...यों उसका दिमाग ठीक नहीं लेकिन किसी भी लिमिट तक जा सकती है। हालाँकि अर्जुन के भाई ने उसे रेप नहीं किया लेकिन फिर भी हवालात

चला गया। यूँ उनको मेडिकल कराना चाहिए था लेकिन फिर सीरियल समाप्त हो जाता है। इस तरह के लूपहोल्स इस सीरियल में हैं। बहरहाल बहुत ही ग्रिपिंग सीरियल है। और जैसा मैंने कहा, बहुत लूपहोल्स भी हैं।''

''तो शादी करें?''

''पहले प्यार तो हो जाने दो।''

''चलो शिमला चलते हैं।''

''शिमला ही क्यों?''

''वहाँ मोहन राकेश रहता है जिसने अभी-अभी अपनी दूसरी पत्नी को छोड़ा है।''

''तो तुम तीसरी बनने जा रही हो?''

''अरे मैं तो उसे जानती भी नहीं...चलो चलें।''

''और तुम वहीं शादी करके बैठ जाओ और मैं भड़ुवा कहलाऊँ।''

''भड़ुआ?''

''इडियट।''

''तुम चल रहे हो तो चलो नहीं तो मैं अकेली ही...यहाँ गर्मी भी तो कितनी है।''

''कब?''

''मैं कल छुट्टियों के लिए एप्लाई कर देती हूँ तुम टिकटों का प्रबन्ध कर लो—यों गाड़ी में भी जा सकते हैं—कभी तुम ड्राइव करना और कभी मैं।''

''बोलो।''

''ओ.के. गाड़ी से ही जाएँगे—बीच में रुकते-रुकते—हो सकता है इस बीच में प्यार भी हो जाए—वैसे तो तुम मेरी मंगेतर हो...वह तुमने अपनी पड़ौसी मित्र से क्यों नहीं कहा?''

"अरे—महज दूसरी बार तो मैं मिली हूँ—वैसे अपनी होने वाली बीवी से ज्यादा हैंडसम है वो।"

"मेरे बारे में तुमने नहीं बताया कि मैं हैंडसम हूँ कि नहीं।"

"ऐसे थोड़े ही रिश्ते में पड़ गए। हालाँकि तुम माँ का चुनाव हो।"

"अच्छा है तुम अपना चुनाव भी कर सकती हो—अभी कुछ बिगड़ा तो नहीं...और वैसे भी मैं कब यहाँ रहता हूँ...सगाई करने आया था अब लौट जाऊँगा।"

"नहीं, हम दोनों शिमला जाएँगे और एक दूसरे को प्यार करने लगेंगे।"

वो थककर रास्ते में पत्थर पर बैठ गई। अधीर भी बैठ गया।

दोनों ने सिगरेट सुलगाई और बियर पीने लगे। काफी जोड़े अलग-अलग जा रहे थे। बिल्ली और कुत्तों में ख़रर ख़रर हो रही थी। दोनों अपने चहेतों को मजबूती से पकड़े हुए थे और आपस में मुस्कुराहटें बाँट रहे थे। थोड़ा रुकते, पानी पीते और चल देते। बड़ा नहीं लेकिन छोटा रंगीन काफ़िला तो था ही।

मीता सिगरेट का कश खींचती अधीर से बोली, "तुम्हें ख़्वाब आते हैं?"

"नहीं मैं हकीकत में जीता हूँ।"

"हकीकत?"

"रियलिटी।"

"उफ़ बात कहाँ से कहाँ ले गए। मैंने पूछा तुम्हें रात में सपने आते हैं?"

"नहीं।"

"मुझे आते हैं। बड़े डरावने और कभी कुछ लोगों की शेडो जिन्हें मैंने कभी नहीं देखा...और छाया भी धुँधली। चेहरे और आवाज़ें पहचानी नहीं जातीं।"

"छोड़ो।"

"नहीं, अधीर उससे नींद खुल जाती है। और मैं उठ बैठती हूँ— और सोचती हूँ आखिर यह है कौन?"

"छोड़ो अभी कोई गाना सुनाओ।"

"एक गाना 'चोरी-चोरी' का मुझे बेहद पसन्द है। यह रात भीगी-भीगी यह मस्त निगाहें। उठा धीरे-धीरे वो चाँद प्यारा-प्यारा। नरगिस और राजकपूर...हैमक में लेटे-लेटे गा रहे हैं। अच्छा उस ज़माने में लोग 'चाँद' का इस्तेमाल बहुत करते थे जैसे "ओ चन्दा मैं उनसे प्यार कर लूँगी" या मीना कुमारी राज के लिए "ए चाँद जहाँ वो जाएँ।" फिर थोड़ा रुक कर "अच्छा राज ने अपनी पहली फिल्म से पहले कई फिल्मों में काम करके पैसा बनाया और फिर अपना आर.के. बैनर खड़ा किया।"

"तुम नरगिस और राज की दुनिया में रहती हो...मेरी दुनिया में कब आओगी? तुमसे बात करो तो नरगिस-राज बीच में आ जाते हैं हम अपने को लेकर कोई बात नहीं कर सकते?"

"अरे राज और नरगिस की बड़ी डिस्टर्ब्ड कहानी है। वैसे राज ने गलत कहा था कि 'आवारा' राज और नरगिस की पहली फिल्म है। हाँ आर.के. बैनर में सही है लेकिन उससे पहले 'आह', 'आग', 'बरसात' कर चुके थे।

यह लिखते समय टी.वी. पर बरसात आ रही है। लिखूँ या फिर फ़िल्म देखूँ।

"देखो मुझे फ़िल्मों की इतनी समझ नहीं है जितनी तुम्हें...उसको छोड़ हम कोई और बात नहीं कर सकते?"

"कर सकते हैं...अच्छा बताओ हम कल कहाँ बिताएँगे..."

"यहीं...क्या यही बात हमें करनी थी।"

"अच्छा शादी इतनी जल्दी कर लें...मैं अभी अपनी जॉब से थोड़ा पैसा और कमा लूँ।"

''लेकिन जॉब तुम्हें काबुल में भी मिल सकती है...डोर्स में। और यूँ भी मुझे अभी पता नहीं कि मेरा कहीं और ट्रांसफर हो जाए। अब सगाई हो गई है तो फिर शादी में देर क्यों?''

''पापा ओस्पीसियस डेट निकलवाकर करेंगे और तब तक जॉब तो नहीं छोड़ूँगी। और विदेश जाते डर लगता है कि कभी वापस ही न आऊँ।''

''यहाँ तो हम आते-जाते रहेंगे। आखिर मेरा परिवार भी यहीं है। यह जितनी भी खुराफात है यह तुम्हारे सपनों की वजह से है।''

''खुराफात?''

''हैसेल्स''

''मैं काबुल से कितनी बार तुम्हें और अपने परिवार को मिलने आता जाता रहा हूँ तो तुम्हें कौन रोकेगा? यह बेहिसाब के सपने देखने छोड़ दो।''

''बेहिसाब?''

''अनलिमिटेड?''

होटल पहुँचकर उन्होंने शॉवर लिया और खाना कमरे में मँगवाकर चुप-चाप खाते रहे। किसी के मुँह से एक शब्द भी नहीं निकला।

रात को अपने कमरे में सोचती रही कि वो कौन आकृति है जो रोज़ उसके सपनों में आती है जिसका ज़िक्र उसने अधीर से नहीं किया और यह भी कि वो आकृति उसे चुम्बक की तरह अपनी ओर खींचे जा रही है। इतनी सर्दी में भी उसे तरेरी आ गई। सोने से उसे डर लगने लगा कि कहीं फिर वो आकृति उसे दिखेगी और वो चुम्बक की तरह उससे सट जाएगी। और कभी अलग नहीं हो पाएगी। आख़िर वो है कौन और मुझसे क्या चाहता है। यह बात तो वो अधीर से करना भी नहीं चाहेगी लेकिन वो शादी की बात उठाता है तो किसी न किसी तरह टाल देती है—लेकिन कब तक? कल फिर पूछेगा तो...

वो कौन है जो उसे रोके हुए है। वो खुद या वो आकृति जिसने उसे रोका हुआ है। जिसे उसने देखा तक नहीं। फिर...

उसे झपकी आने लगी लेकिन वो सोने से बचना चाहती थी। लेकिन कब तक?

"तुम्हारे विचार हमको तबाह करके रख देंगे—क्यों तुम बहकी-बहकी-सी बातें करती हो?"

"मैं या तुम... ?"

शादी तुम अभी नहीं करना चाहती-ख़्वाबों को हकीकत में बदलने को बैठी हो। मेरा तबादला भी होने वाला है, बताओ शादी कब कर रही हो?"

"देखो जॉब में मैं अब सिक्यूरिटी पर पहुँचने वाली हूँ जिससे मेरे प्रोविडेंड फंड पर भी असर पड़ेगा। बाहर जॉब मुझे स्क्रॉच से मिलेगी जो मुझे मंजूर नहीं। फिर पापा की इकलौती बेटी हूँ तो इतनी जल्दी मेरी शादी—इतनी दूर करने को फ़िलहाल तैयार नहीं।"

ट्रिंग ट्रिंग...

"हेलो माँ...कैसी हो?"

"ठीक हूँ...कुछ तय हुआ?"

"नहीं माँ, ये तो अभी और समय माँग रही है।"

मीता ने अधीर के हाथ से फोन लिया, "हैलो, आंटी आप कैसी हैं?"

"मैं ठीक हूँ। शादी का दिन तय कर लो। अधीर की छुट्टियाँ खतम हो रही हैं। उसे वापिस जॉब पर जाना है...शायद तबादला भी हो...कह नहीं सकती।"

"आप पापा से बात कर लो।"

"वो तो वही चाहेंगे जो तुम चाहोगी। तुम मुझे अपना फैसला बता दो।"

"आंटी अभी समय लगेगा। कारण तो मैंने अधीर को बता दिया है।"

"ठीक है अगर वो किसी और से कर ले तो उसका फैसला हमको मानना होगा। जहाँ तक दूर का सवाल है तो यह तो तुम लोगों को पहले से पता था...यह कोई नई बात नहीं है," और कहकर उन्होंने फ़ोन काट दिया।

"देखो अधीर माँ की बातों से डर लगता है। बहरहाल वही होगा जो होना होगा...जो होना होगा। न तुम और न मैं, न पापा न तुम्हारी माँ कुछ कर सकेंगे।"

"तुम ठीक कहती हो। सब समय की नियति पर छोड़ दो।"

"नियति?"

"कंसीडरेशन।"

"आज के बाद हम इस प्रकरण पर बात नहीं करेंगे।"

"प्रकरण।"

"इश्यू।"

"हाँ, अधीर मुझे 'उड़न खटोला' फ़िल्म याद आ रही है जहाँ दिलीप कुमार निम्मी को दलदल से बाहर लाता है लेकिन किस्मत ऐसी कि वह वापस दलदल में चली गई। इसी तरह नरगिस और दिलीप की फ़िल्म 'जोगन' थी। चाहकर भी उसे वापस जोगन बनने चला जाना था। वही न। सब कुछ समय पर निर्भर करता है। न तुम और न मैं और कोई भी तो नहीं समय के साथ लड़ सकता है।"

"आज राज और नरगिस का कौन-सा किस्सा सुनना है।"

"अधीर तुम मेरा बहुत मज़ाक उड़ाते हो—बातें तो शादी के बाद भी चलती रहेंगी।"

"और शादी से पहले राजकपूर और नरगिस की..."

"अरे मैं तुम्हें बता रही थी कि जैसे 'बेहद' की माया कनिंग औरत है वैसा ही राजकपूर था। सबसे पहले वो फ़िल्म 'अंदाज़' में जो

नरगिस, दिलीप और राज के साथ बनी थीं। बहुत बेहतरीन फ़िल्म थी और खूब चली। उसका गाना 'उठाये जा ग़म को सितम और जिये जा आँसू पिये जा उठाये जा गम और सितम...' राज ने भरपूर कोशिश की नरगिस और दिलीप को अलग करने की...वो भी माया की तरह शादीशुदा था बावजूद इसके वो नरगिस को हथियाना चाहता था। जैसे माया शादीशुदा होने पर अर्जुन को हथियाना चाहती है। ऐसा क्यों होता है अधीर। कोई हमेशा दो के बीच तीसरा आ जाता है...ठीक जैसे फ़िल्म 'हमारी अधूरी कहानी' में है..."

"हमारे बीच भी तीसरा है और हमारी तरह उनका प्यार भी अधूरा रह गया।"

"अब श्रीदेवी को ही देखो बिना किसी बीमारी या एक्सीडेंट के पल-भर में चली गई। यह समय नहीं तो क्या है। और यह भी सच है कि जीते जी कोई किसी को नहीं पूछता। मरने पर सारा बॉलीवुड आया। हम ऐसी दुनिया में रहते हैं।"

"देखो नीता तुम्हारी ज़िन्दगी फ़िल्मों के इर्द-गिर्द घूम रही है। तुम जबरन उन्हीं को जीना चाहती हो...वास्तविकता से दूर। अपना दिमाग तुम इस्तेमाल करना नहीं चाहती और किसी की सुनती भी नहीं हो। तुम बहुत ही बिगड़ैल और जिद्दी हो। तुम वही करोगी जो तुम चाहती हो और नाम समय का लगाओगी। मैं दो-तीन दिन में लौट रहा हूँ। जो भी फैसला करोगी बता देना। न तुम सपने देखना छोड़ोगी और न सपने तुम्हें छोड़ेंगे। मुझे लगता है कि सपने भी खुद लोगों को चुनते हैं। जैसे कुछ लोग सपनों को चुनते हैं। ...लेकिन मैं उनमें से नहीं हूँ..."

"सपने देखना बुरी बात नहीं। क्योंकि ऐवरी वन हैज ए ड्रीम टू फोलो। सपने तुम्हारे यह हैं कि शादी हो जाए। क्या यह सपना नहीं। क्या तुम्हारा सपना नहीं था कि तुम ऐम्बेसी में काम करो जहाँ तुम पूरी दुनिया घूम सको और डॉलर्स में कमाओ।"

वो अपने सपनों में लौट चुकी थी।

उसे 'जब वी मेट' याद हो आई।

अचानक एक आवाज़ आई जैसे जॉन ऑफ आर्क को आती थी।

"तुम लौटना चाहती हो?"

"हाँ, लेकिन मुझे रास्ता नहीं दिख रहा।"

"वो इसलिए क्योंकि तुम लौटना नहीं चाहती।"

"यह तुम कैसे कह सकते हो, और तुम हो कौन?"

"मैं इसलिए कह रहा हूँ कि जो लौटना चाहता है उसे खुद-ब-खुद रास्ता मिल जाता है।"

"अच्छा सच बताओ। क्या तुम अधीर की ज़िन्दगी में लौटना चाहती हो...यों भी लौटना ठीक नहीं...और आगे बढ़ना चाहिए। सच बताओ क्या तुम अधीर की दुनिया में लौट जाना चाहती हो? अगर हाँ तो तुम्हें लौटने का रास्ता मिल सकता है। ठीक से शान्त होकर बताओ। लेकिन उसका जवाब नीचे पड़ा है।"

मीता ने नीचे देखा। बुझे हुए सिगरेट के स्टब्स, खाली बियर के केन्स और उसकी सगाई की फटी-जली तसवीरें।

उसे तरेली आ गई। सभी पर्यटक जा चुके थे। वो अब काँप रही थी। फिर हक्की-बक्की बोली—"आप कौन?"

"यह अपने किस्म का सपना है। इसमें हर्ज ही क्या? बिकाउज ऐवरीवन हैज ए ड्रीम टू फोलो, नहीं?"

"अगर आदमी सपने न देखे तो वो कहीं नहीं पहुँच पाता।"

"ड्रीम हाइ एंड लिव हाइ।"

"तुम एक और विद्या बालन हो जिसने अपने लिए मौत की सुरंग खोदी हुई थी—फ़िल्म का नाम मुझे याद नहीं आ रहा।"

" 'डर्टी पिक्चर,' और तुम कहते हो तुम फ़िल्म नहीं देखते।"

"देखो यह फ़िल्म हमारी मेस में दिखाई गई थी। मैं खुद किसी फ़िल्म हाल में देखने नहीं गया।"

"मैं भी हाल में नहीं जाती। ऑफिस से आकर टी.वी. चलाती हूँ वहीं जो आती है देख लेती हूँ। क्लासिक पर पुरानी फ़िल्में आती हैं इसलिए मैं तुम्हें सिर्फ़ उनका हवाला देती हूँ। रहा श्रीदेवी की कोई फ़िल्म मैंने नहीं देखी। यह टी.वी. में समाचार में सुना था।"

नीता के हाथ में सिगरेट ख़तम हो गई थी जिससे उसकी उँगलियाँ जल गई थीं।

अधीर लौट चुका था। गहरी रात छा चुकी थी। उसे वापसी का रास्ता नहीं मिला।

"मन से बताओ क्या तुम लौट कर अधीर की दुनिया में जाना चाहती हो। अगर हाँ तो तुम्हें लौटने का रास्ता मिल सकता है। ठीक से शान्त होकर बताओ लेकिन उसका जवाब नीचे पड़ा है देख लो।

वो पसीने–पसीने हो रही थी...सभी पर्यटक जा चुके थे। वो काँप रही थी। फिर हकला कर बोली, "तुम कौन?"

"मैं वो जो तुम्हारे ख़्वाबों में आता है।"

उसके पसीने छूट गए। हकलाती हुई बोली, "सामने क्यों नहीं आते?"

"आँखें बन्द करो मैं दिख जाऊँगा।"

"तुम मेरे ख़्वाबों में क्यों आते हो? मैंने तो तुम्हें देखा तक नहीं।"

"ख़्वाबों में नहीं देखा...और बात भी कर रही हो।"

"तुम कहाँ रहते हो?"

"जहाँ होता हूँ वहीं मेरा घर होता है।"

"कहाँ–कहाँ..."

"मैं घूमता रहता हूँ..."

"कहाँ–कहाँ।"

वह मुस्कुरा दिया।

"तुम्हारा नाम?"

"मोहन राकेश।"

"करते क्या हो?"

"कलम घिसता हूँ।"

"मने?"

"लिखता हूँ।"

"क्या?"

"तुम्हारी और अपनी कहानी।"

"आप मेरी कहानी जानते हैं?"

"हाँ, मैं ही तुम्हारी कहानी बना रहा हूँ।"

"कैसे?"

"तुम चाहो तो मुझ पर कहानी लिख सकती हो।"

"मुझे लिखना नहीं आता।"

"कोशिश करो, सुधार मैं दूँगा।"

"क्या लिखूँ?"

"जो भी मन में आता है।"

"अच्छा अभी बहुत भूख लगी है। कुछ खाने को है?"

"घर चलो मेरी माँ तुम्हारे लिए ताज़ा खाना बना देगी।"

"तुम माँ के साथ रहते हो—पत्नी के साथ नहीं?"

"नहीं।"

"मैं विवाह में विश्वास नहीं करता। दो बार विवाह किए, दोनों टूट गए।"

"तो?"

"मैं लिव इन रिलेशनशिप में विश्वास करता हूँ।"

"क्या ऐसी लड़की मिल सकती है?"

"ढूँढ़ने पर भगवान भी मिल जाता है हालाँकि मैं भगवान में विश्वास नहीं करता। अगर मनुष्य को कुछ चाहिए तो उसके लिए उसको स्वयं प्रयत्न करना चाहिए।"

"स्वयं?"

"सेल्फ एफोर्ट।"

"अगर माँ ने पूछा मैं कौन हूँ?"

"माँ कभी प्रश्न नहीं करती। भूखों को खाना और प्यार करने वालों को प्यार देती है। तुम अभी बहुत छोटी हो। उसकी शरण में भी जा सकती हो। वो तुम्हारा अपना फैसला होगा। फ़िलहाल घर चलें और माँ के हाथ का खाना खाएँ।"

"तब तक बहुत रात हो जाएगी। मेरा नीचे कोई इन्तज़ार कर रहा है।"

"देखो, जो इन्तज़ार कर रहा है फ़िलहाल उसे इन्तज़ार करने दो क्योंकि पहाड़ों पर रात को भेड़िये निकल आते हैं। वो भी तुम्हारा इन्तजार कर रहे हैं। जाना चाहती हो तो चली जाओ लेकिन मैं छोड़ने नहीं जाऊँगा।"

"फिलहाल?"

"फोर द टाइम बीइंग।"

वो जैसे चीख दी—सोच रही थी अधीर को क्या बताएगी कि उसने रात कहाँ बिताई और किसके साथ। वो पीली पड़ चुकी थी। माँ इतने में मिस्सी रोटी और अचार ले आई। साथ में दही। फिर पास में बैठ उनको खाते देखती रही और मुस्कुराती रही।

नीता ज्यादा खा नहीं सकी। जब राकेश माँ को थालियाँ देने गया तो मीता का ध्यान कुछ पत्रों पर पड़ा। और नाम-पता देखकर वो जर्द हो गई।

राकेश ने आकर जब उसे जर्द होते देखा तो पूछा, "अरे तुम इतनी पीली क्यों पड़ गई हो?"

उसकी जबान सटक चुकी थी। वह चाहकर भी कुछ बोल नहीं पाई।

उस समय कमरे में दोनों अकेले थे। वो बोली, "आपके पास सिगरेट और बियर है।"

"हाँ, फ्रिज नहीं है। आइस बॉक्स में बियर और मेरे पास फोरस्क्वेयर के सिगरेट हैं।"

"तुम्हें बहुत लोग पत्र लिखते हैं——"

"हाँ नाम हो जाने का ख़ामियाजा भुगतना पड़ता है।"

"खामियाजा?"

"पेनल्टी।"

"आपको इतना समय मिल जाता है?"

वो अब तक पीली पड़ी हुई थी।

"देखिए रात को सोने से पहले चिट्ठियों का भुगतान कर देता हूँ नहीं तो ढेर लग जाता है।"

"क्या उत्तर देते हैं?"

"उनके प्रश्नों का।"

"प्रश्न?"

"क्वेशचन।"

"क्या सभी प्रश्नों के उत्तर होते हैं?"

"शायद इस प्रश्न का भी कोई उत्तर नहीं।"

वो अब बच निकलना चाहता है। अब भी वो उसकी आँखों में देख रहा था, मानो वो उससे बहुत से प्रश्न कर रहा हो जिसका शायद मीता के पास कोई जवाब नहीं था। उसने एक केन खोलकर मीता को दिया और एक अपने को। सिगरेट सुलगने लगी थी और धुआँ हवा हो रहा था।

राकेश ने कुछ लकड़ियों से आग जलाई। उसका पीला पड़ता चेहरा अब तपता सोना लग रहा था।

दोनों चुपचाप पीते और सुट्टे मारते रहे।

"आप कब लौट रही हैं?"

"बस कुछ दिन और..." वो बुदबुदाई।

"आप दिल्ली में कहाँ रहती हैं?"

"मैं अपना पता छोड़ जाऊँगी..."

"मैं दिल्ली बहुत कम जाता हूँ...पहले मेरे वहाँ बहुत मित्र थे लेकिन अब सब चल बसे हैं। उन्हीं मित्रों पर 'अँधेरे बन्द कमरे' लिखा है। उसकी प्रति आपको मैं साइन करके भेंट में दूँगा—पढ़कर अपनी राय लिख देना।"

"आपका पता?"

"मैं आपको बताता रहूँगा...मैं किसी एक जगह टिक कर नहीं रहता। कश्मीर से कन्याकुमारी तक बंजारों की तरह घूमता रहता हूँ। यह तो इतेफ़ाक था कि अम्मा आई हुई थी और तुम उनको मिल ली नहीं तो वो अकेली इलाहाबाद में रहती हैं।"

"क्यों?"

"मैं यहाँ-वहाँ भटकता रहता हूँ...उनकी उम्र अब इतनी नहीं कि वो मेरे साथ जगह-जगह भटकती रहें।"

"लेकिन जब विवाहित थे?"

"उन्हीं की वजह से शादियाँ टूटी...वो इतनी भोली और सीधी हैं कि अपने हक के लिए भी नहीं लड़ीं।"

"लेकिन अब जब विवाह करोगे तो भी साथ नहीं रखोगे...?" उसने सिगरेट का गोल उड़ा कर बियर का घूँट भरा।

"नहीं वो इलाहाबाद में ही रहेंगी—कोई औरत अपनी सास के साथ नहीं रहना चाहती। वो सिगरेट पर सिगरेट फूँक रहा था। बियर से आँखों में ज़ोश और लाली थी।

"यह ज़रूरी तो नहीं।" अब वो उठ बैठी थी।

"क्यों नहीं...?"

"कोई तो होगी...बहरहाल आपका पता क्या रहेगा?"

"अभी तो दो-तीन दिन हैं। मैं अपनी लिस्ट बनाकर तुम्हें दे दूँगा। पता हमेशा 'द्वारा पोस्ट मास्टर' ही रहेगा। हाँ अगर दिल्ली आया तो उसका पता बता दूँगा।

वो हलके से मुसकुराई फिर अन्दर अम्माँ से मिलने गई। अम्मा गर्म-गर्म मठरी तल रही थीं...उन्होंने थोड़ी सी बना कर उसे अचार के साथ दे दी।

नीता ने माँ के पाँव छुए हालाँकि जलती सिगरेट उसके हाथ में थी और मुँह से बियर की भभकार। लेकिन अम्मा को तनिक बुरा नहीं लगा।

"कल आएगी ना?" उन्होंने मुस्कुराकर पूछा।

"जी...थोड़े समय के लिए।"

लौटकर मोहन के कमरे में रुकी। उसका मन कर रहा था कि वो उसे भींच ले—लेकिन तब भी वो ऐसा कर न सका। वो लौट गई।

सुबह होते ही वह मीता को नीचे छोड़ आया।

"कहाँ रह गई थी—रात में?"

"शिमला में।"

"राकेश के साथ।"

"हाँ उसकी माँ उसके साथ है।"

"क्या बातें हुईं?"

"कुछ नहीं, बियर और सिगरेट पीते रहे और उसकी माँ के हाथ का खाना खाते रहे। देखो मठरी और अचार दिया है...खाओगे?"

"नहीं मैं नाश्ता कर चुका हूँ। अच्छा मैं दो दिन में लौट रहा हूँ। तुम वापस चलोगी या अभी यहीं रुकी रहोगी?"

"नीचे बहुत गर्मी है। मेरी दो छुट्टियाँ और हैं। मैं तो अभी यहीं रहूँगी।"

"ठीक है शादी की तारीख लिख देना।"

"हूँ—पापा बता देंगे।"

वो थक चुकी थी और सोना चाहती थी।

बातों-बातों में वो सो गई। अधीर बाहर पोलो खेलने चला गया।

फिर वही सपना—एक आकृति है जिसकी शक्ल नहीं दिखती—सिर्फ पीठ नज़र आती है—वह हकबका कर उठ बैठी। पीठ से तो राकेश लगता था—तो क्या—

वह उठ बैठी। उसने अपने लिए कॉफी बनाई और मठरी और अचार खाने लगी...बिलकुल हक्की-बक्की।

अधीर लौट कर आया तो वह सो चुकी थी।

दोपहर में उठी तो अधीर ने खाने का ऑर्डर दिया। खाना खाते हुए अधीर ने कहा, ''मैं शाम को लौट रहा हूँ। तुम चल रही हो?''

''नहीं अभी मेरी दो छुट्टियाँ बाकी हैं।''

''ठीक है।''

और अधीर शाम को लौट गया।

अधीर के जाते ही वह पहाड़ी पर चली गई।

"मुझे ख़्वाब क्यों आते हैं?"

"यह तो अच्छी बात है।"

"क्या पूरे भी होते हैं।"

"अगर चाहो तो।"

"आप इतनी महँगी सिगरेट पीते हैं?"

"अच्छा है सस्ती पीने से यही अच्छा है। वैसे मैं सिगार भी पीता हूँ।"

"फोर स्क्वेयर बहुत महँगी है। मैं शिमला पीती हूँ।"

"तुमने लिखने के बारे में क्या सोचा?"

"मुझे लिखना नहीं आता—और ना ही बड़े-बड़े शब्द आते हैं।"

"बोलचाल की भाषा ही ठीक है।'

"बोलचाल?"

"स्पोकन वर्ड।"

"लेकिन मुझे तो सिर्फ़ ख़्वाब आते हैं।"

"तो उनके बारे में ही लिखो।"

"लेकिन अभी ख़्वाब पूरे नहीं हुए और न ही समझ आता है कि वह आकृति कौन है और मुझसे क्या चाहती है?"

"तुम क्या चाहती हो?"

"ओफ वो शैडो मेरे सामने आए और मुझे बताए कि मैं क्या चाहती हूँ।"

"चाहती है या चाहता है?"

"यह भी नहीं मालूम।"

"तो अब आकृति आए तो उससे पूछ लेना।"

"वो आती है और चली जाती है, फिर आती है और फिर चली जाती है।"

"तो इन्तज़ार करो।"

"कुछ खाओगी नहीं? अम्माँ ने आलू-पूरी बनाई है।"

"खाऊँगी और पिऊँगी भी। सिगरेट है? अम्माँ को बुरा तो नहीं लगता न!"

"नहीं।"

अम्माँ मुस्कुरा दी और आलू-पूरी परोसने लगी।

"अम्माँ खाना अच्छा बनाती है। मुझे खाना बनाना नहीं आता। बस खाना-पीना-सुट्टे उड़ाना ही आता है।"

"मैं अब अम्माँ से और काम नहीं कराना चाहता। उनमें अब इतनी शक्ति नहीं रही। चाहता हूँ कोई घरेलू-सी लड़की मिल जाए तो उसके साथ लिव इन रिलेशनशिप रख लूँ। विवाह में मुझे अब विश्वास नहीं।"

"ऐसी लड़की मिल सकती है?"

"इन्तज़ार में हूँ।"

"तुम्हारी तो सगाई हो चुकी है। विवाह कब कर रही हो।"

"जब ख़्वाब आने बन्द हो जाएँगे।"

"तो सगाई... ?"

"सगाई तोड़ी भी जा सकती है?"

"अरे विवाह टूट जाते हैं तो सगाई क्यों नहीं।"

वो हक्की बक्की रह गई। बोली,

"पता नहीं ख़्वाब में कौन आता है।"

"होगा कोई तुम्हारा चहेता।"

"कौन? वो गाना है न, ख़्वाबों में किसी के इस तरह आया नहीं करते जो ठुकराए गए हैं उनको..."

''तुम फ़िल्मी दुनिया में रहती हो हकीकत में नहीं।''

''यह तो अधीर भी कहता है।''

''अधीर कौन?''

''मेरा मंगेतर।''

''ओह।''

''लेकिन फ़िल्मी दुनिया भी तो ज़िन्दगी पर ही बनती है...वो उससे अलग तो नहीं?''

''तो तुम विवाह क्यों नहीं कर लेती।''

''मुझे उससे प्यार नहीं।''

''तो सगाई क्यों की?''

''पापा ने जल्दबाज़ी में कर दी।''

''तो तुम तोड़ दो।''

''वो तो वैसे भी काबुल लौट गया है।''

''अच्छा तुम किससे शादी करना चाहती हो?''

''पहले मैं अपने ख़्वाबों को समझ लूँ।''

''तो अपने ख़्वाबों पर ही क्यों नहीं लिखती।''

''सोचूँगी—मेरी छुट्टियाँ खतम होने वाली हैं।''

''तो लौट जाओगी—नीचे अभी बहुत गर्मी है।''

''तुम क्या चाहते हो।''

''जो तुम चाहती हो।''

''क्या?''

''पता नहीं।''

''तुम अभी बहुत छोटी हो।''

''मैं बड़ी होना भी नहीं चाहती।''

''अच्छा है...क्योंकि यह दिन कभी लौट के नहीं आएँगे।''

''जी...चाहती हूँ...''

''क्या?''

"अपनी छुट्टियाँ बढ़वा दूँ। आप कब तक हैं यहाँ?"

"जब तक तुम चाहो।"

वो उसकी आँखों में देख रही थी। उसमें उसको अपनी परछाई दिख रही थी। उसने आँखें बन्द कर लीं। फिर बियर और सिगरेट पीने लगी।

"आपके काम में हर्ज तो नहीं हो रहा न?"

"नहीं...तुममें मुझे एक और कहानी मिल रही है। अगर छुट्टियाँ बढ़ा रही हों तो लॉज को छोड़ यहीं आकर रहो।"

वो सन्न...कुछ बोल नहीं सकी।

"चलिए शाम को गाइड देखते हैं।"

"वैसे मैं हिन्दी फ़िल्में नहीं देखता लेकिन तुम कहती हो तो मैं चलूँगा।"

"मुझे याद आता है कि पिछले जन्म में मैं आपको 'बनफूल' दिखाने ले गई थी और उसमें मैं भी नहीं बैठ सकी। और हम लौट आए...यह मैंने सपने में देखा था।"

"अरे..."

"और पिछली बार जब मैं शिमला आई थी बी.एड. की ट्रेनिंग करने तो हर शाम गाइड। यूँ भी हर आदमी को एक गाइड चाहिए। ठीक कह रही हूँ न?"

"तुम कहती हो तो ठीक ही होगा। अच्छा तुम अपना नाम मल्लिका क्यों नहीं रख लेती?"

"क्यों? आप अपना नाम बदल सकते हैं?"

"नहीं, क्योंकि मेरा नाम 'मोहन' मेरी माँ ने रखा था और 'राकेश' मेरी बहन ने क्योंकि वो चाहती थी कि मैं चन्द्रमा की तरह चमकता रहूँ।"

"तुम्हारा नाम क्या तुम्हारी माँ ने रखा है?"

"नहीं—मेरी माँ ने मेरा नाम 'सुटिन्डा' रखा था और स्कूल में

मेरी फ्रेंड्स मुझे टिंडा-टिंडा करके चिढ़ाते थे इसलिए मैंने अपना नाम नीता रखा।''

''तो तुम तो अपना नाम बदल सकती हो।''

''मेरे ऑफिस और बैंक अकाउंट में नीता नाम ही है।''

''उसे वैसे ही रहने दो लेकिन बाहर तो अपना नाम 'मल्लिका' रख सकती हो।''

''मल्लिका कौन थी?''

''कालिदास की प्रेमिका।''

''क्या उनका प्यार पूरा हुआ?''

''तुम फ़िल्मों में इतना विश्वास करती हो। क्या राजकपूर और नरगिस का प्यार पूरा हुआ? लेकिन इसका मतलब यह तो नहीं कि प्यार करना ही नहीं चाहिए।''

''प्यार तो एक भूख है जो पूरी हो न हो लेकिन प्यार फिर भी करना चाहिए।'' वो बोली।

''इसलिए कहता हूँ कि अपना नाम मल्लिका रखो—प्यार करो, पूरा हो न हो। प्यार कभी सफल नहीं होता—चाहे मुगले-आज़म हो, गाइड या फिर कोई और लेकिन इसका मतलब यह नहीं कि प्यार करना ही नहीं चाहिए।''

''मुझे सपने में दिखा था कि मैं किसी के साथ 'दिल एक मन्दिर' भी देखने गई थी। लेकिन वो कौन था याद नहीं आता। यह भी सपने में ही देखा था।''

''तुम्हारे सपने धरातल पर टिके हुए हैं।''

''धरातल?''

''डाउन टू अर्थ।''

''जी।''

''लेकिन जब तक मुझे मेरे सपने समझ नहीं आते मैं कुछ भी सोच नहीं सकती।''

‘‘तुम छुट्टियाँ बढ़ा क्यों नहीं लेती।’’

‘‘क्यों?’’

‘‘नीचे अभी बहुत गर्मी है।’’

‘‘उससे क्या होगा?’’

‘‘शायद तुम्हारे सपनों की गुत्थी सुलझ सके।’’

‘‘गुत्थी?’’

‘‘मिस्ट्री।’’

‘‘ओह। और कभी न सुलझी तो?’’

‘‘सुलझेगी—यह एक वैज्ञानिक सत्य है।’’

‘‘वैज्ञानिक सत्य।’’

‘‘साइंटिफिक ट्रुथ।’’

‘‘ओह।’’

‘‘इसीलिए कहता हूँ छुट्टियाँ बढ़ा लो।’’

‘‘लेकिन कब तक?’’

‘‘जब तक तुम्हारे सपने पूरे न हों।’’

‘‘लेकिन सपनों को मैं नहीं बुलाती वो अपने आप आते रहते हैं।’’

‘‘क्या तुम उनसे मुक्ति नहीं चाहती?’’

‘‘मुक्ति? वो कैसे होगी?’’

‘‘जब तुम उन पर चलने लगोगी।’’

‘‘लेकिन उसका अन्त तो अभी आया नहीं।’’

‘‘जब तुम्हें पिछले जन्म के सपने आते हैं तो इसका अन्त भी तुम्हें सपनों में ही मिलेगा।’’

‘‘लेकिन मैं सपनों से डरती हूँ। पूरी रात जागती रहती हूँ कि सपने न आएँ।’’

‘‘लेकिन इस तरह कब तक जागती रहोगी—सपनों को देखो वहीं तुम्हें अपना अन्त नज़र आएगा।’’

‘‘अन्त।’’

''अल्टीमेट डिसीजन।''

''ओ, वो तो मुझे पागल कर देगा।''

''लेकिन उन्हीं से तुम कहीं पहुँच जाओगी। उन्हें देखना बन्द मत करो। जब तुम्हें पुरानी बातें नज़र आती हैं तो वह व्यक्ति भी तुम्हें एक दिन दिखाई देगा। और तब तुम्हें सपने आने बन्द हो जाएँगे।''

''यह तो मेरे लिए बहुत मुश्किल है?''

''तुम्हारी जो इच्छा हो वही करो—फिलहाल लॉज छोड़ दो और हमारे साथ आकर रह लो। अम्माँ हमारे साथ हैं और तुम भी अकेली नहीं होगी। यों भी नौकरी करने की बजाय तुम लिख कर भी जी सकती हो।''

''लेकिन मुझे लिखना नहीं आता।''

''जो बातें तुम मुझे सपनों के बारे में बताती हो वो तो लिख सकती हो। उससे तुम हलका महसूस करोगी।''

''ठीक है।''

''अगर तुम्हारी छाया कहे कि मुझसे विवाह कर लो तो क्या कर लोगी।''

''आपसे?''

''नहीं आकृति से।''

''पता नहीं।''

''क्योंकि तुम्हारे पास और कोई विकल्प नहीं।''

''विकल्प?''

''अल्टरनेटिव।''

''तुम्हें अपने आपको अभिव्यक्त करना चाहिए।''

''अभिव्यक्त?''

''एक्सप्रेस।''

''चलिए गाइड देख आएँ।''

''चलो।''

''वैसे हर आदमी को एक गाइड चाहिए।''

"हाँ यह तो सही है।"

"आप मेरे गाइड बन जाएँ।"

"यह तो तुम ऐसे कह रही हो जैसे कोई यह कहता है कि आप मेरे वेलेंटाइन बन जाइए।"

"हाँ, यह भी गलत नहीं—यों मैं समझती हूँ कि हर एक को एक गाइड और एक वेलेंटाइन चाहिए। नहीं?"

राकेश मुस्कुरा दिए।

"क्या यही तुम्हारा सपना है?"

वो झेंप गई, "अभी सपना पूरा नहीं हुआ है। होगा तो आपको बता दूँगी।"

"वैसे प्रत्येक को शुड फोलो देयर ड्रीम्स।"

"यू डोंट फेड अवे," उसने मुस्कुरा कर कहा। फिर राकेश का हाथ अपने हाथ में लिया।

"चलो गाइड देख आएँ। यों भी देव आनन्द मेरा फेवरिट है। बचपन में मैं उसके सपने देखती थी।"

"और अब?"

"अभी सपनों में सिर्फ शेडो आती है पहचान नहीं पाई।"

और वो गाइड देखने चले गए।

फ़िल्म से लौट कर दोनों ने बियर पी और सुट्टे मारे। फिर अम्माँ का बनाया खाना खाया।

बाहर बालकोनी में बैठ उसने राकेश से पूछा, ''एक्स्ट्रा लाइन्स को क्या कहते हैं?''

''अतिरिक्त सतरें।''

''ठीक है सपना पूरा हो जाने पर मैं 'अतिरिक्त सतरें' लिखूँगी।''

''ठीक ही तो करोगी।''

फिर खाना खाकर दोनों एक ही कमरे में सो गए।

अगले दिन राकेश ने पूछा।

''रात को क्या सपना आया?''

''कि पिछले जन्म में मैं बी.एड. करने यहीं शिमला आई थी।''

''क्या बी.एड. पूरा करके गई?''

''नहीं। उसी छाया ने मुझे वापस बुलाया।''

''उसने बुलाया या तुम ख़ुद छाया के पास आई। क्योंकि तुम उसके बिना रह नहीं पाई।''

''यह तुम कैसे कह सकते हो?''

''क्योंकि तुम झूठ बोल रही हो।''

''पता नहीं...शायद सपने में बात साफ हो सके।''

''तुम नौकरी छोड़ दो और लिखने में लग जाओ। लिखने से भी कमा सकती हो। मैंने भी बहुत-सी नौकरियाँ की हैं—यहाँ शिमला में बिशप कॉलिन स्कूल में पढ़ाया और भी बहुत जगह लेकिन अब सिर्फ लिखने पर निर्भर करता हूँ। मैंने जितना कुछ जिन्दगी में जीया और भोगा है सब लिख देना चाहता हूँ। किसी की नौकरी करने से अच्छा है सेल्फ ऐम्पलॉयमेंट। तुम इस बात को मानती हो कि नहीं?''

"हाँ, तुम ठीक कहते हो लेकिन मेरा सपना अभी पूरा नहीं हुआ। अभी अतिरिक्त सतरें लिख नहीं पाऊँगी। अतिरिक्त सतरें मैं लिखूँगी तो...वैसे इससे पहले सतरें किसने लिखीं?"

"तुमने अपने पिछले जन्म में।"

"किस नाम से?"

"अनीता राकेश।"

"अच्छा।"

"तो मैं अपना नाम 'मल्लिका' नहीं अनीता रखूँगी।"

"लेकिन वो तो अनीता राकेश थी।"

"इसका मतलब?"

"तुम्हें अपने ख्वाब से मिल जाएगा।"

"ठीक है फिर ख़्वाब को पूरा होने दो। तभी लिखूँगी।"

"वो तुम्हारे सामने प्रत्यक्ष क्यों नहीं आता?"

"प्रत्यक्ष?"

"सेल्फ।"

"पता नहीं शायद मेरी परीक्षा ले रहा हो।"

"अरे तुमने तो गुड हिन्दी का शब्द बोला है।"

"अब तुम लिख सकती हो, फिर भी कहूँगा बोलचाल याने स्पोकन लेंगुएज में ही लिखो।"

"कोशिश करूँगी।"

"तुम इतना क्यों पीती हो?"

"अकेलेपन को दूर करने के लिए।"

"या सपने देखने के लिए?"

"अरे याद आया सपने में मैंने देखा कि पिछले जन्म में मेरे दो बच्चे हुए थे।"

"क्या तुमने शादी कर ली थी महाजन से?"

"यह अभी साफ़ नहीं हुआ। अभी सपने पूरे कहाँ हुए।"

''देखो अपने सपने लिखो वही अतिरिक्त सतरें होंगी।''

''लेकिन अभी सपने पूरे नहीं हुए। परछाई साफ़ नज़र नहीं आ रही है। लेकिन अम्माँ दिखती है। हम तीनों नीचे बैठकर खाना खा रहे हैं। हर एक रोटी के लिए आपस में लड़ रहे हैं। लेकिन अम्माँ न्याय में विश्वास करती है। वो तुमसे ज्यादा मुझसे प्यार करती हैं।''

''शायद सही है।''

''मेरे बच्चे भी हो सकते हैं?''

''क्यों नहीं? हुए होंगे तभी तो सपना आया है।''

''पर किससे?''

''यह भी तुम्हें अपने सपने से ही पता चलेगा।''

''मेरे बच्चे हो जाएँगे तो मुझे बड़ी शर्म आएगी।''

''तब भी आई थी।''

''तुम्हें कैसे पता?''

''जैसे तुम्हें पता है।''

''झूठ।''

''वो भी ठीक है।''

''तब मैं तुम्हें बम्बई भेजता था जो तुम्हें अच्छा नहीं लगता था।''

''क्यों?''

''तुम्हें ख़्वाब में पता चल जाएगा, लेकिन अब सिर्फ मैं और तुम हो।''

''तुम्हारी आज़ादी अब नहीं मागूँगा।''

''मैंने तब बहुत गलतियाँ की थीं लेकिन इस बार नहीं।''

''कैसी बहकी-बहकी बातें कर रहे हो...तुम असल में हो या मैं ख़्वाब देख रही हूँ?''

''पता नहीं...लेकिन हाँ, इक लड़की को देखा तो ऐसा लगा...''

''कैसा?''

''और मेरे बच्चे हुए थे?''

"हाँ।"

"तो पाला किसने था?"

"अम्माँ ने।"

"यह तुम्हें कैसे पता?"

"पता नहीं तुम्हारी बातों से ऐसा लगता है।"

"देखने में तो ख़्वाब देखती हूँ।"

"लगता है ख़्वाब सच्चे हैं।"

"लेकिन बच्चे क्या अधीर के हैं?"

"यह तुम्हें अपने ख़्वाबों से पता चल सकता है।"

"तब तुम कहती थी कि हम बम्बई वालों के आसरे क्यों जीयें, हम दोनों लिखकर कमाएँगे।"

"यह तो मेरे ख़्वाब में अभी नहीं आया।"

"मैंने कब कहा ख़्वाब देखना छोड़ दो।"

ट्रिन ट्रिन ट्रिन

नीता ने देखा अधीर का फोन है।

उसने जल्दी से उसे ऑफ़ कर दिया।

राकेश ने पूछा किसका था।

तो बोली, "रोंग नम्बर था।"

"देखो मुझे झूठ बिलकुल बर्दाश्त नहीं है।"

"अधीर का था।"

"तो बात क्यों नहीं की?"

"अभी हम जो बातें कर रहे थे।"

"लेकिन वो तो तुम्हारा मंगेतर है।"

"आपने ही तो कहा है, सगाई टूट सकती है अगर विवाह टूट सकते हैं।"

"चलो घर में माँ खाना बनाकर बैठी होगी। तुम थोड़ा-सा लिख कर बताओ।"

"जब ख़्वाब पूरे होंगे तब।"

और दोनों डूबते सूरज को देखते घर चलने लगे। घर पर खाना खाकर दोनों खिड़की से बाहर बर्फ़ को गिरते देखते रहे।

राकेश के मन में आया कि वो उसको चूम ले लेकिन थप्पड़ खाने के भय से वो सिर्फ़ बर्फ़ को गिरते देखता रहा।

वहाँ मीता सोच रही थी कि राकेश मुझे चूम क्यों नहीं रहा। उसका मन था कि वो उसे चूम ले लेकिन थप्पड़ खाने के डर से वो बाहर बर्फ़

को गिरते देखती रही। थोड़ी देर के बाद खामोशी तोड़ते राकेश बोला, "चलो अब सो जाओ।"

दोनों निराश होकर सोने चले गए।

अगले दिन नीता ने राकेश को बताया कि रात ख़्वाब में आप पुस्तक 'लहरों के राजहंस' पूरा करने चले गए और बोले कि यह पुस्तक मैं तुम्हें समर्पित करूँगा।"

"समर्पित।"

"डेडिकेटिड।"

"तो क्या यह सच है?"

"यह भी तुम्हें ख़्वाबों से ही पता चलेगा।"

"यह कब तक चलेगा?"

"जब तक तुम उस छाया को पहचान नहीं लेती।"

"देखो नौकरी से इस्तीफा दे दो—शेष द्रव्य हम लिख कर कमा लेंगे।"

"द्रव्य?"

"पैसा।"

"किसी की नौकरी करने से खुद की नौकरी अच्छी है। मैंने बहुत नौकरियाँ की लेकिन अब सेल्फ ऐम्पलॉयड हूँ। जी ही रहा हूँ... खूब घूम भी लेता हूँ। कश्मीर से लेकर कन्याकुमारी तक। कोई पहाड़ नहीं जहाँ मैं नहीं गया...फक्कड़बाज भी हूँ लेकिन बहुत खुश हूँ।"

"हूँ।"

"तो तुम आज के ख़्वाबों को लिख डालो।"

"कैसे?"

"अरे जो देखती हो उसे तुम वैसे ही बोलचाल की भाषा में लिख डालो।"

"ठीक है।"

और वो रोज़ शाम को पहाड़ी के नीचे जाकर घर का सामान ले आते और इकट्ठे बैठ कर सूर्यास्त देखते। दिन निकलते गए। मीता बीच-बीच में अपने पिता को फोन करती रहती कि वो ठीक है—आजकल पुस्तक लिख रही है।

नीता के पिता हैरान। वो मीता की माँ को कहते, ''हमने अपनी बेटी को ज़रूरत से ज़्यादा छूट दी हुई है। अब वो लौटना ही नहीं चाहती। शायद जॉब भी छोड़ दे। पता नहीं किसके साथ रह रही है, कहती है कोई पुस्तक लिख रही है।''

''यह सब तुम्हारी शह का नतीजा है। तुमने ही उसे बड़ी आजादी दी हुई है। अब भुगतो। जाकर देखते क्यों नहीं किसके साथ रह रही है और कौन-सी पुस्तक लिखने में लगी हुई है।''

''यह मेरा काम नहीं। वो जो चाहे करे लेकिन अब भुगतेगी भी तो वही।''

''कैसे बाप हो तुम?''

''और तुम कैसी माँ हो।''

''अरे मैंने कब कहा था उसको इतनी छूट देने को।

''अब जो भी हो, होने दो। इधर महाजन की माँ के रोज़ फ़ोन आ जाते हैं—क्या कहूँ उनको।''

''तुम्हीं ने यह रिश्ता कराया था, अब तुम ही जानो।''

''अब मैं नहीं, वही जाने।''

और दिन पर दिन निकलते गए लेकिन नीता लौटी नहीं।

‘‘अच्छा यह बताओ ‘अतिरिक्त सतरें’ से पहले की सतरें किसने लिखीं?’’

‘‘अनीता राकेश ने।’’

‘‘वो कौन थी?’’

‘‘मेरी लिव इन रिलेशन वाली जैसे तुम हो...अब तुम अतिरिक्त सतरें पूरी करो।’’

‘‘यह उससे छूट गई थी?’’

‘‘हाँ, क्योंकि यह समय तो तुम मेरे साथ हो तो अतिरिक्त सतरें तो तुम्हीं को लिखनी है न?’’

‘‘ओह।’’

‘‘तुम्हें मुश्किल नहीं होगा क्योंकि तुम्हें तो सभी ख़्वाबों से पता चल जाता है।’’

‘‘और उसे?’’

‘‘हकीकत से।’’

‘‘लेकिन उस व्यक्ति का क्या नाम है, क्या शक्ल है, क्या करता है, यह तो मुझे अभी तक भी पता नहीं।’’

‘‘धीरे-धीरे सब पता चल जाएगा। अभी तो तुम उसका नाम मोहन राकेश ही समझो।’’

‘‘और अपना?’’

‘‘अनीता राकेश।’’

‘‘लेकिन...’’

‘‘अब लेकिन में समय मत गुजारो। वक्त निकलता जा रहा है और मेरा कुछ पता नहीं...’’

''मने।''

''लिखना शुरू करो।''

और धीरे-धीरे समय गुज़रता गया। जहाँ अटक जाती वहाँ पूछ लेती।

अम्मा के हाथ की रोटी खाते बहुत प्रशंसा करती...राकेश कहते, ''तुम भी सीख लो...अनीता ने तो सीख ली थी।''

''अभी फ़िलहाल पुस्तक लिख लूँ।''

वो दोनों करीब और करीब आते गए।

एक दिन उसने पूछा,

''वो छाया तुम ही तो नहीं?''

''हो सकता है।'' वो मुस्कुरा दिए।

''और तुम अनीता राकेश हो।''

माँ उन दोनों को साथ देखती और खुश हो जाती।

''अनीता भी शिमला बी.एड. करने गई थी लेकिन मेरे बिना रह नहीं सकी और लौट आई। और पहले की सतरें उसी ने लिखीं। अब तुम अनीता राकेश के नाम से 'अतिरिक्त सतरें' लिखोगी।''

''याने मैं असल में अनीता राकेश हूँ।''

''हाँ और मैं मोहन राकेश। वो जो तुम छाया में देखती हो। अब तुम समझ गई उन सपनों का अर्थ।''

''तो मैं अनीता राकेश हूँ और तुम मोहन राकेश।''

''हाँ हम लिव इन रिलेशनशिप में नहीं रह रहे? तुमने पूछा था कि क्या ऐसी लड़की मुझे मिल सकती है? तो देखो मिल ही गई।''

''तुम बहुत चालाक हो, एक भोली-भाली लड़की को फँसा लिया।''

''अरे अनीता राकेश तो मेरे साथ भाग गई थी उसकी माँ मेरे विरुद्ध थी लेकिन वो भाग आई।''

''विरुद्ध।''

"अगेंस्ट।"

"ओह।"

"अब तुम लिखना शुरू करो।"

"क्या?"

"वही जो तुम्हारे साथ जिन्दगी में हुआ।"

"ठीक है।"

धीरे-धीरे अम्माँ बुढ़ा गई। मीता उनको दो गिलास दूध पिलाती रही।

फिर एक दिन मीता बोली—

"राकेश मैं माँ बनने वाली हूँ।"

"यह तो होना ही था—देखना पहले लड़की ही होगी।"

अम्मा का हाल और मीता की प्रेगनेंसी को देख राकेश ने सूरज सिंह को बुला लिया।

"अरे साब आपने शादी कर ली है! यह बहुत अच्छा किया।"

"अच्छा देखो अब तुम चूल्हा-चौका सम्भाल लो। अब माँ और नहीं कर सकती।"

"ठीक है साब।"

"अनीता पेट से है।"

"ठीक है साब।"

ठीक वैसा ही हुआ जैसे राकेश ने कहा था। पहले लड़की ही हुई।

राकेश अस्पताल गया तो मीता ने अपना मुँह शर्म से ढँक लिया।

उन्होंने अपनी बेटी को देखा—"ठीक वैसी है जैसे अनीता ने पैदा की थी—इसका नाम भी पुरवा ही रखूँगा।"

अम्माँ ने अपने कपड़ों से बनाकर उसको पहला चोगा पहनाया। माँ बहुत खुश थी। वो हमेशा चाहती थी कि उसके जाने से पहले कोई लड़की आकर उसके बेटे को सम्भाल ले। उन्होंने उसके लिए लड्डू बनाए जो बच्चा पैदा होने के बाद खिलाते हैं।

बच्चा अम्माँ पालती रहीं और नीता 'अतिरिक्त सतरें' में लगी रही।

फिर पता चला दूसरा आनेवाला है। राकेश ने कहा यह लड़का होगा। और सच ही लड़का हुआ।

ज़िन्दगी अपनी रफ़्तार से चलती रही। राकेश 'चाणक्य' पूरा करने में लगे रहे—लेकिन तबियत खराब होती गई। अपनी ज़िम्मेदारी से डरने लगे। उससे पहले माँ चली गई। अब तो राकेश यह सब झेल नहीं सके—अपने दो छोटे-छोटे बच्चों के बारे में सोच घबरा जाते।

देखते-देखते वो भी चले गए।

नीता अपने दोनों बच्चों के साथ अकेली रह गई। उसने फिर बी.एड. किया और मॉडर्न स्कूल में पढ़ाने लगी। तब जैसे अनीता राकेश ने किया था। साथ में ट्यूशन।

यह कहानी भी अन्य सतरों का हिस्सा बन गई। राकेश के जाने के बाद ठीक वैसे ही इन्दिरा जी ने उसे एक डी.डी.ए. फ्लैट अलॉट किया।

आज बच्चे बड़े हो गए हैं और विदेश में रहते हैं। वो आज भी अपने अभाव की सन्तान के साथ दिल्ली में रहती है। बहुत बुढ़ा गई है। नीता ने कहाँ से जिन्दगी शुरू की और कहाँ जाकर खतम हुई। यह सब वो जानती है।

क्या यह सब ग्रहों का असर नहीं। हम चाहते कुछ हैं और होता कुछ है। कैसी विडम्बना। मीता ने अपना नाम अनीता राकेश रख लिया और अतिरिक्त सतरें लिख दी। आजकल सिर्फ़ लेखन पर और मोहन राकेश की रॉयल्टी पर जीती है। कहीं आती जाती नहीं। राकेश ने कहा था अतिरिक्त सतरें वो अपनी माँ को समर्पित करे। उसने ऐसा ही किया। आज भी राकेश घर में आते-जाते हैं। कई बार उसे लगता कि किसी ने उसे छुआ है। मुड़कर देखती है तो कोई नहीं होता। मरे हुए आते हैं पर दिखते नहीं। आज रात वही छाया बन गया है और पहले की तरह उसके ख़्वाबों में आता है। यहाँ अतिरिक्त सतरें पूरी हो गई। कोई भी काम या रिश्ता शुरू करना उतना मुश्किल नहीं होता जितना खतम करना होता है।

छोटा अब काम में लग गया है लेकिन कहता है अगर चार महीने तक ठीक चला तो चलाता रहूँगा नहीं तो गोवा चला जाऊँगा। क्योंकि प्रकाशकों से अब कुछ लेना-देना नहीं है इसलिए शायद मैं भी गोवा चली जाऊँ। हो सकता है उसका पिता वहाँ मिल जाए—तो जैसे मैंने कहा है कि कहानी कभी पूरी नहीं होती बहुत कुछ रह जाता है।

आ लौट के आ जा मेरे मीत
तुझे मेरे गीत बुलाते हैं

उपसंहार

सतरों का पाँचवाँ अंक अब आपके हाथ में है। अपनी प्रतिक्रिया मुझे अवश्य भेजें।

संस्मरण की प्रथा सबसे पहले हिन्दी में मैंने शुरू की। सन् 1972 में राकेश जी गुज़र गए और कमलेश्वर जी के कहने पर मैंने 1973 में पहली 'सतरें' लिखीं।

उसके बाद दूसरी फिर तीसरी अब चौथी और पाँचवीं। जहाँ यह पुस्तक समाप्त हुई है वहाँ अगर सोच कर काम न चला तो दुख चले जाएँगे। हो सकता है छोटे का पिता गोवा में रहता दिख जाए तो सम्भवत: छठा अंक भी लिख दूँ।

जैसे मैंने पहले कहा है। कहानी कभी खतम नहीं होती लिखने वाला खतम हो सकता।

ढेर-सी शुभकामनाओं के साथ,

आपकी

अनीता राकेश

पुनश्च : अफसोस तो यह है कि आज कमलेश्वर जी और राकेश जी नहीं हैं नहीं तो संस्मरण की कड़ी को समाप्त होते देख सकते। वो जहाँ भी हैं मैं आज भी अम्मा और राकेश जी को प्यार करती हूँ।

मैं अभी और लिखूँगी— Authentic चीजें ही और अपने पाठकों को कहना चाहती हूँ कि मैंने मरने के बाद अंग दान करने को लिखा है जो मंजूर हो गया है।

20 जून, 2018 अनीता राकेश

❂❂❂